¿Dónde está Sandy?

El cuento sobre una burrita que se negó a renunciar.
(Basado en hechos reales)

Autora Donna Marie Seim
Ilustraciones de Susan Spellman

Peter E. Randall Publisher
Portsmouth, New Hampshire

Museo Nacional de las Islas Turcas y Caicos
Islas Turcas y Caicos
2020

En una isla llamada Grand Turk, rodeada por un mar color turquesa, vivía un anciano llamado Simón, y su burrita, Sandy.

6/21

¿Dónde está Simon, Sandy? está dedicado a los niños de las Islas Turcas y Caicos.

Todos los ingresos serán donados al Programa de Niños del Museo Nacional de las Islas Turcas y Caicos.

Museo Nacional de las
Islas Turcas y Caicos

Simón vivía en una cabaña con paredes de piedra y un techo rojo de zinc. Sandy dormía en un cómodo establo que Simón había construido especialmente para ella. Simón compartía su casa con un gato llamado Blackie, y su patio con un gallo llamado Bupper y algunas gallinas que siempre estaban cacareando.

En el patio había un portón que se abría a un camino que descendía suavemente hasta el pueblo llamado Cockburn.

Cada mañana, bien tempranito, cuando el sol apenas comenzaba a salir sobre el mar, Simón enganchaba a Sandy a una carreta llena de cubetas vacías, y se dirigían al pozo de agua fresca. Allí Simón llenaba una a una las cubetas con agua del pozo mientras Sandy esperaba muy tranquila a que todas las cubetas cstuvieran bien llenas. Sandy sabía muy bien cuánto tiempo se tardaba Simón en llenar las cubetas. Exactamente en el momento justo Sandy comenzaba a caminar por el sinuoso camino hacia el pueblo.

A la burrita Sandy le gustaba mucho su trabajo. Ella esperaba en la puerta roja del jardín a que Simón entregara el agua y volviera con la cubeta vacía. Simón no tenía que decirle a Sandy cuándo debía caminar hasta la puerta azul o la amarilla. Ella se conocía el camino.

Al final de cada día, cuando Simón y Sandy regresaban a casa, Blackie ronroneaba, Bupper cantaba y movía sus alas, y las gallinas cacareaban y corrían en círculos.

Simón premiaba a Sandy con una cubeta de agua fresca, un poco heno sabroso y una zanahoria crujiente. ¡A Sandy le encantaban las zanahorias frescas!

Una mañana cuando el sol ya calentaba alto en el horizonte, Simón no había salido aún de su casa para enganchar a Sandy a la carreta. Sandy salió de su establo y comenzó a pasearse frente a la casa de un lado a otro, rebuznando para que Simón saliera.

Bupper cantó, y las gallinas cacarearon, pero ni Simón ni Blackie salieron de la casa.

7

¿Dónde estaría Simón? ¡Ya era hora de ir a trabajar! Sandy se fue al pozo sin Simón y sin la carreta. Ella esperó allí el tiempo que siempre se tardaba Simón llenando las cubetas. Entonces abrió el portón con su hocico y emprendió solita el sinuoso y descendente camino hacia el pueblo. Sandy se detuvo en la puerta roja. Esperó el tiempo que hubiera necesitado Simón para entregar el agua. Entonces caminó hasta la puerta azul y esperó, luego fue hasta la puerta amarilla.

Había varios niños jugando frente a sus casas cuando vieron a Sandy detenerse en la puerta amarilla. "¿Dónde está Simón, Sandy?" los niños preguntaron a la burrita. Sandy sacudió su cabeza como respuesta y continuó su camino.

Los niños siguieron a Sandy y pararon en cada puerta donde Sandy se detuvo, llamando a otros niños para que salieran y acompañaran también a Sandy.

Cuando llegaron al centro del pueblo, el panadero vio a Sandy y el desfile de niños que la seguían. Le preguntó a la burrita, "¿Dónde está Simón, Sandy?" Sandy sacudió su cabeza y continuó su camino.

Cuando pasaron frente a la tienda de ropa, la tendera vio a Sandy y a los niños y también le preguntó, "¿Dónde está Simón, Sandy?"

Sandy sacudió su cabeza y continuó su camino.

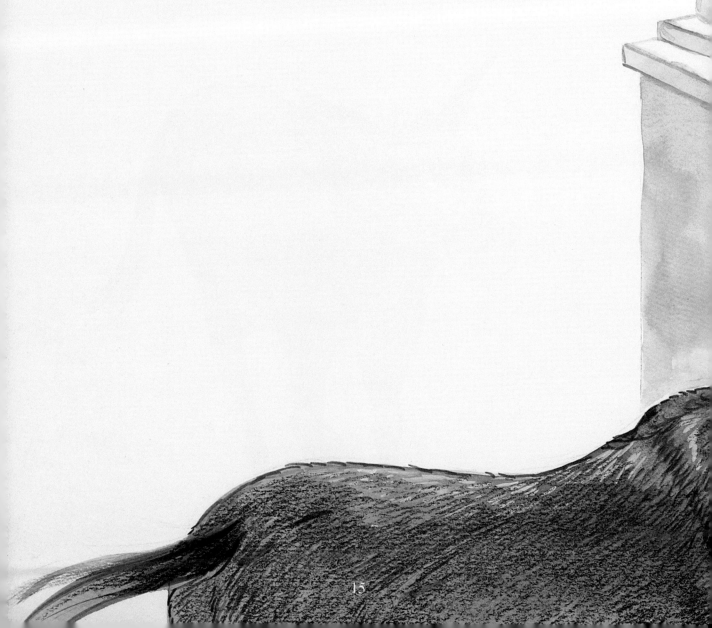

Sandy llegó a la última casa del pueblo y se detuvo. Los niños también se detuvieron. Esa era la casa del médico del pueblo. El doctor miró por la ventana y vio a los niños y a Sandy esperando a su puerta. El doctor tomó su maletín y corrió afuera.

"¿Dónde está Simón, Sandy?" preguntó el doctor a la burrita.

Sandy sacudió su cabeza, se volvió y comenzó a andar entonces camino arriba hasta la casa de piedra de Simón.

El doctor y los niños la siguieron de cerca.

Al llegar a su casa, Sandy rebuznó, llamando a Simón para que saliera. El doctor tocó a la puerta y escucho una voz débil que decía, "Entre, por favor".

Cuando el doctor abrió la puerta y entró, encontró a Simón sentado en el suelo con su pie descansando sobre unas almohadas.

El doctor preguntó, "Simón, ¿qué pasó?"

"Me levanté de la cama en medio de la noche para buscar un vaso de agua y tropecé y caí sobre Blackie y me lastimé el pie. Blackie también está lastimado".

El doctor abrió su maletín negro y tomó una venda larga y otra pequeña. Enrolló la venda larga en el pie de Simón una y otra vez. Luego envolvió la patita de Blackie con la venda pequeña.

"Ahora tendrás que reposar y no apoyar el pie hasta que se cure", le indicó el doctor.

"Pero, ¿quién llevará agua a toda la gente del pueblo?" preguntó Simón.

"Sandy llevará el agua al pueblo", cantaron los niños asomados por la ventana.

"Pero, ¿quién enganchará a Sandy a la carreta y llenará las cubetas con agua del pozo?" preguntó Simón.

"Nosotros engancharemos a Sandy a la carreta y llenaremos las cubetas con agua del pozo", cantaron los niños asomados por la ventana.

"Pero ¿quién le dará agua fresca a Sandy y la alimentará con heno sabroso y una zanahoria crujiente?" preguntó Simón.

"Nosotros le daremos agua fresca y la alimentaremos con heno sabroso y una zanahoria crujiente", cantaron los niños desde la ventana.

"Sandy puede repartir el agua", dijo el buen doctor.

"Ella conoce el camino", cantaron los niños asomados por la ventana.

Durante la siguiente semana, los niños
vinieron cada mañana, bien tempranito, cuando
el sol apenas comenzaba a salir sobre el mar.
Engancharon a Sandy a la carreta y la llevaron al
pozo donde llenaron todas las cubetas con agua
fresca. Entonces Sandy iniciaba el camino hacia
el pueblo, parando en la puerta roja, luego en la
puerta azul, y después en la puerta amarilla. La
gente del pueblo esperaba al lado de sus puertas
a que llegara Sandy con los niños. En cada casa
los niños cargaban la cubeta llena de agua y
retornaban la cubeta vacía a la carreta de Sandy.
Y todos en el pueblo esperaron a que a Simón se le
curara el pie.

Entonces un día Simón le dijo a los niños,
"Mi pie está totalmente curado". Simón estaba
deseoso de volver a su trabajo. El no necesitaba
ya la ayuda de los niños. Los niños estaban
contentos de que el pie de Simón estuviera
mejor, pero sus caritas estaban tristes. Incluso
Sandy bajó su cabeza.

Simón sonrió y dijo, "Está bien, ustedes
pueden venir hoy con Sandy y conmigo".

Los niños gritaron de alegría, pero al día
siguiente ellos estaban de nuevo tristes,
entonces Simón les dijo que los acompañaran
una vez más. ¡Y así otra vez el siguiente día, y el
siguiente y todos los días!

Entonces, si tú vienes a esta isla especial del Caribe, busca un anciano, su burrita y una carreta llena de cubetas repletas de agua.

¡Y siguiéndolos, un desfile de niños cantando y bailando!

Acerca de los traductores

María Fernández Miquel fue la ingeniera que diseñó y dirigió la construcción y operación del sistema de suministro de agua potable de Grand Turk, obra ejecutada en los años 1999-2000.

Desde el año 2004, Fernando Pérez Monteagudo, es el ingeniero a cargo de los recursos ambientales costeros en el Departamento de Medio Ambiente y Recursos Costeros del Gobierno de las Islas Turcas y Caicos.

María y Fernando son una pareja de cubanos que han vivido en Grand Turk por más de ocho años. Tradujeron el libro *¿Dónde está Simón, Sandy?* como una donación voluntaria al Museo Nacional de las Islas Turcas y Caicos.

Nilda Monteagudo Núñez es Doctora en Filosofía y Letras, especializada en la enseñanza de idioma español para extranjeros. Es la madre de Fernando y revisó la traducción al español que hicieron María y Fernando.

Quisiéramos dedicar la traducción de este precioso libro a nuestras nietas Paula y Sofía
— María y Fernando

Quisiera agradecer a María y Fernando por su donación de la traducción al español al Programa para Niños del Museo Nacional de las Islas Turcas y Caicos.

Me gustaría agradecer a Roxana García por leer la traducción al español y por su provechoso apoyo al proyecto.

Me gustaría agradecer a Nancy Peace por su ayuda y apoyo para hacer realidad este proyecto.

También a todos los seguidores que se presentaron para apoyar *¿Dónde está Simon, Sandy?* Edición en español.